閱讀123

國家圖書館出版品預行編目資料

精靈迷宮 / 林世仁作；賴馬繪. -- 二版. --
臺北市：親子天下, 2017.09　冊；　公分
ISBN 978-986-95047-3-7(上冊：平裝). --
859.6　　　　　　　　　106010211

閱讀 123 系列 —— 35-1

精靈迷宮 押韻童話集㊤

作者｜林世仁
繪者｜賴　馬
責任編輯｜黃雅妮、陳毓書
美術設計｜蕭雅慧、林家蓁

天下雜誌群創辦人｜殷允芃　董事長兼執行長｜何琦瑜
兒童產品事業群
副總經理｜林彥傑　總編輯｜林欣靜
主編｜陳毓書　版權主任｜何晨瑋、黃微真

出版者｜親子天下股份有限公司
地址｜台北市 104 建國北路一段 96 號 4 樓
電話｜（02）2509-2800 傳真｜（02）2509-2462
網址｜ www.parenting.com.tw
讀者服務專線｜（02）2662-0332 週一～週五：09:00~17:30
讀者服務傳真｜（02）2662-6048
客服信箱｜ bill@cw.com.tw
法律顧問｜台英國際商務法律事務所・羅明通律師
製版印刷｜中原造像股份有限公司
總經銷｜大和圖書有限公司　電話（02）8990-2588

出版日期｜ 2012 年 7 月第一版第一次印行
2022 年 7 月第二版第七次印行
定價｜ 260 元
書號｜ BKKCD078P
ISBN ｜ 978-986-95047-3-7（平裝）

精靈迷宮

押韻童話集 上

文 林世仁 圖 賴馬

目錄

1 ㄚ 天涯一朵花

炎炎夏，風吹沙，

青蛙大俠離開家。

呱呱呱，

要去尋找天涯一朵花，

共組一個家。

半路上，荷花下，躲雨遇見美嬌蛙。
雨聲滴滴答，兩心嘩啦啦。
一個紅上臉頰，一個臉上紅霞！
心裡好多話，歡喜像開花。
雨後彩虹天邊掛，蓮葉小船輕輕划，
風景如畫，心情如畫。
蜻蜓瞧見笑哈哈，
悄悄問青蛙：「想不想娶美嬌蛙？」

青蛙心裡好掙扎，真想留下陪陪她……

一個聲音喊聲「卡！」：

不能犯傻，莫要犯傻，

還沒歷險到天涯，

佳人怎麼會是她？

好青蛙，揮別美嬌蛙，繼續闖天涯。

呱呱呱，天涯盡頭有一朵花，

遠遠等著他。

青蛙大俠，英雄叱吒，豪邁瀟灑！
不怕路滑，哪怕天蹋，要找天涯一朵花。

一村又一村，一家又一家。

過山崖，渡海峽，忽聽前頭鬧喳喳。
一隻烏鴉，追著青蛙姑娘「啞啞啞！」
青蛙大俠，加快步伐，寶劍出匣，
三兩下，打得烏鴉地上趴，滿地爬。

卡！卡！卡！

青蛙姑娘好人家，芳齡十八，宜室又宜家。
青蛙心裡七上八下，好像絲瓜發了芽，
真想留下，好想陪她……
一個聲音喊聲「卡！」：
莫作傻瓜，莫作呆瓜，
天涯盡頭有一朵花，遠遠等著他。

青蛙大俠，有淚不灑，有汗不擦，
繼續趕路闖天涯，要把幸福抓。

一夏又一夏，寒風颯颯，樹葉飄下。
青蛙大俠變成青蛙老俠，
天涯盡頭，依舊滿天彩霞。
「嘿唷嘿！嘿唷嘿！」
青蛙老俠繼續趕路走天涯……
噢，你問他，要去哪？
呱呱呱，要找天涯一朵花，
共組一個家。

2 ㄛ 沙漠電影國

小駱駝，走沙漠，
踢踢踏踏好寂寞。
聽到蟾蜍嘓嘓嘓，
笑瞇眼，搖耳朵，
上前想把話兒說。
誰知蟾蜍沙裡躲：

「別囉唆，少煩我！
這種天氣，熱到虛脫，
曬到冒火，
誰要跟你把話說？」
太陽高，熱似火，
烤得大地像火鍋。
雨不來，雲半朵，
熱熱山坡，好像海波。

小駱駝，走走踱踱，
遠遠看見「藍海國」：
冰山下，涼風多，
大、小企鵝逐海波……
小駱駝，好高興，搖耳朵，
上前想把話兒說。
誰知海市蜃樓縮又縮，

變成大漩渦，
一下不見，轉眼沉沒。
一眼望去，空空闊闊，
只有鳥飛過。
小駱駝，好難過。
沒有朋友，
日子怎麼過？

風吹沙漠，像打陀螺，
東一漩渦，西一漩渦，
吹出沙丘一座座。
小駱駝，不知向右，還是向左？
忽然一聲招呼，撞進耳朵：
「來來來，吃火鍋！」
沙丘下，小巫婆，
興致勃勃，在賣火鍋。

小駱駝，好疑惑：
大熱天，吃火鍋？有沒有搞錯？
小巫婆，忙張羅：
「坐坐坐，吃火鍋！」
小圓桌，大方桌，
桌桌上頭放火鍋。
大火鍋，小火鍋，
這也一桌，那也一桌。

「夠不夠？多不多？
要不要再來一點蘋果、糖果、奇異果？」
火鍋多又多，可惜客人沒半個，只有風吹過。
小駱駝，怕她難過，只好乖乖坐，吃火鍋。
「哇——燙燙燙！熱熱熱！這是什麼鍋？」
仔細看看鍋：鬼耳朵、地獄火、
恐龍泡沫、硫黃漩渦……
竟然是魔法麻辣鍋！

小駱駝，喉嚨熱得像沙漠，
一開口，就噴火！
小巫婆，嚇得眼淚滴滴落：
「難道我，又闖禍？
上次仙人掌配泡菜鍋，
刺得老鷹嘴兒破。
這次換成麻辣鍋，還是錯錯錯？
究竟什麼鍋，才能吃得人快活？」

小駱駝，細思索，慢琢磨，忽然心湖漾起小漩渦：

「別難過，你有魔法，我有想法，我們來合夥！」

有想法，立刻做。

敲新鑼，開新店，換新鍋，

店名就叫「神奇電影國」。

天空是銀幕，沙丘變雅座。

太陽就是遙控器，天一熱，海市蜃樓就開播！

一會兒出現企鵝、海豚、驢和騾，

一會兒變成汽車、輪船、太空梭。

小巫婆，念魔咒，世界奇觀輪流播，好看沒話說。

太陽傘，一朵朵；防晒油，免費抹。

口渴還有冰棒鍋！包你看也快活、吃也快活，涼上心窩。

沙漠動物不再躲，出來團團坐，有看有吃，高興把話說。

熱熱沙漠，變得好活潑！這種景象，從沒見過。

天上星星，閃閃爍爍：「咦，誰把沙漠變成歡樂國？」

沙丘下，蟾蜍嘓嘓嘓，都說：「我！我！我！」

3 ㄜ 四隻傻鵝

城東一隻棄鵝，從小就是棄兒，
愛吃貝殼，愛喝可樂，想當俠客。
城南一隻氣鵝，最討厭蛇，
天天咯咯咯，想開快車，想坐風車。
城西一隻泣鵝，天天打嗝，
眼淚一滴就能滴成河，做夢也想開水車。

城北一隻企鵝，最愛唱歌，

喜歡拔河，想娶嫦娥。

企鵝碰到氣鵝，泣鵝遇上棄鵝。

四隻傻鵝一見如故，碰碰前額，

玩玩拔河，一同騎上協力車，

唱起歡樂歌：

「天上有銀河，地上有愛河。

天上星星千萬顆，你我相逢最難得……」

天氣好熱，心底好樂！
歡喜勁兒，好像小雞鑽出殼。
「一二！一二！」
同逛愛河，同到海邊數貝殼。
「一二！一二！」
路上遇見智慧老者。
智慧老者笑呵呵：
「你們這群傻鵝！風車不是車，

水車不是車，現代哪有俠客？
還想娶嫦娥？除非天上掉下大白鵝！
還不回家乖乖做功課。」
泣鵝嗝嗝嗝，氣鵝咯咯咯，
棄鵝猛喝可樂，企鵝繼續唱歌：
「天上有銀河，地上有愛河。
凡事不怕一波三折，堅持到底，
一定遇上天時、地利與人和！」

四隻傻鵝，繼續騎上協力車，
不怕渴，不怕餓，
「一二！一二！」
一騎騎到太魯閣。
追過機車，趕過火車，
誰知遇上大塞車。
忽然一輛怪怪車，來不及煞車，
撞翻汽車，撞歪公車，撞倒椰子樹兒一棵棵。

怪怪車裡摔出怪怪客：

眼鏡蛇和西裝鵝，還滾出炸彈好幾顆。

「碰碰碰！」「碰碰碰！」

燒著一輛車、兩輛車……

看看就快燒到路旁的房舍。

人人瞠目結舌，動彈不得！

還好泣鵝眼淚汪汪流，

一下流成河，大火立刻不見了。

現場只剩唉唉叫，好像聲音河：
有人傷到骨骼，有人碰傷頭殼，
有人牙齒撞歪好幾顆……
氣鵝叫來救護車，這個送外科，
那個送內科……
生氣勃勃，賽過火車。
棄鵝幫忙警察，一聲吆喝，
左一個，右一個，捉住眼鏡蛇與西裝鵝。

眼鏡蛇，曲曲折折，想要躲進鉛筆盒。

西裝鵝，口水噴成河：

「抓錯了！抓錯了！我們個性溫和，

做人隨和，最講道德。」

警察翻開通緝名冊：

「是喔，你們兩個，只是偶爾配合，

想把都市炸得焦頭爛額！」

「咳咳咳！咳咳咳！」咦，怪怪車裡還有乘客？

呵，一隻被綁架的天鵝！

企鵝救出天鵝，一見情投意合，

墜入愛河：「請問芳名，你叫什麼？」

天鵝面紅耳熱，低下頭，羞上額：「我叫嫦娥。」

哦，天上真的掉下美嫦娥，真是太巧合！

市長送來匾額，外加四輛車：

氣鵝開起救護車，咯咯咯，速度快過大卡車。

泣鵝負責消防車，嗝嗝嗝，不怕水沒了。

棄鵝開警車，呵呵呵，好個現代新俠客！
企鵝坐上小花車，迎娶美天鵝，唱起幸福歌：
「天上有銀河，地上有愛河，
企鵝碰到天鵝，人生真是巧合！」
天上神仙笑呵呵，翻開故事冊，
美好故事添一則：
「人生就是一首歌，有光有熱，
不怕一波三折，人生就有許多巧合！」

4 ㄝ 胖胖蝶去上學

朦朧夜，張老爹，

闔上書頁，關上書店，

正想出門吃宵夜，

門口忽然出現大飛碟。

大飛碟，門一開，走出一隻胖胖蝶。

胖胖蝶，比手畫腳，動作好激烈：

「唏哩呼——咻地撇！咕嚕咚——喔的耶！」

張老爹，搖搖頭，不了解。

胖胖蝶，又吼又跳，比得手瘦目斜，喊得舌頭打結……

張老爹，想啊想，還是不了解。

看來只有一個老祕訣——

送他去上學！

先買衣，再買鞋，

張老爹送胖胖蝶去上幼兒園，從頭開始學。

先學ㄅㄆㄇ，再學ㄚㄛㄝ。
天上弦月變滿月，人間四月變五月。
胖胖蝶，終於學會聽，學會說，
一跳三躍，開開心心來找張老爹。
「搶劫！搶劫！我要搶劫！」
「什麼？原來你……要搶劫？」
張老爹，眉一皺，嘴一撇：
「店裡都是書，搶去你也看不懂、沒法學。」

這問題，要解決……

嗯，看來還是要靠老祕訣，送你去上學！」

換大一號鞋，背上大書包，胖胖蝶，只好再去上小學。

這次學得更辛苦，教科書，好多頁；學習單，一長列。

聽說讀寫，樣樣不缺。

生活禮節，統統要學！

英數體育、電腦光碟……

這也學一些，那也學一些，功課從來不停歇。

胖胖蝶，不認輸，埋首書頁，
天天熬夜，終於熬到小學畢業。
「耶！」胖胖蝶，好開心，
蹦蹦跳跳好像小麻雀。
回到書店，打個中國結，送給張老爹：
「謝謝您！幫我開眼界，發現文字新世界！」
張老爹，微微笑：「店裡書兒你拿去，
本本特別，本本通向奇妙世界。」

胖胖蝶，不敢接：「以前不務正業，想搶劫，太撒野！
請讓我道歉，幫您來清潔。」說完挽起袖，
掃地擦書，東弄弄，西疊疊，
連續清上九天九夜，熱情源源不絕。
胖胖蝶，回家前，開口把書借。
這也借，那也借，借了滿滿一飛碟。
張老爹，笑呵呵：「看完回來，再借再還，再還再借！」
胖胖蝶，心中喜悅，滿心感謝，

深深一鞠躬，開始來道別：
擁抱分別、吻頰話別、握手辭別、
拱手作別、揮手賦別、飛吻告別、
彎腰拜別……東方禮節、西方禮節，
各國禮節，一一做到，樣樣不缺。
說離別，道離別，這一道別，
說上三天又三夜！
張老爹，拍拍胖胖蝶：

「做人要當英雄豪傑，不能矮人半截。」

胖胖蝶，點點頭；老爹愛心不能忘，
心中悄悄打下愛心結。

時間匆匆幾十年，好像書翻頁。
山坡上，小墳頭，裡頭睡著張老爹。
冬風野，夕陽斜。胖胖蝶，墳前叩別，
淚下如雪，思緒紛飛像蝴蝶……
老爹愛心不能絕，善心要學，理想要接！

胸中沸騰血，融化冬風野。
寒來暑往，春花秋月，日子不停歇。
宇宙天街，新增好多小學。
水星小學、金星小學、火星小學……
間間都有地球語言學。
畢業學生一屆又一屆，個個懂禮又好學。
要問校長誰？
就是胖胖蝶！

5 ㄎ 小阿呆去看海

一隻胖妖怪，名叫小阿呆，
住在金色山脈，想看藍色大海。
一天起床，想喝牛奶，摸摸口袋，
只剩一塊，勒勒褲帶，搔搔腦袋：
「哈，沒錢買牛奶，至少可以下山去看海。」
沒想到，山下撿到小錢袋，數一數，至少一千塊！

小阿呆，喜出望外，迫不及待，立刻跑去買牛奶。

心情暢快，跑得飛快，

一下來到「什麼都賣」。

小阿呆，看看招牌，瞅瞅門牌：

「快來快來，我要十瓶牛奶、

三包海苔。」

一位老奶奶，走出來，

結完帳，笑容好像醃白菜：

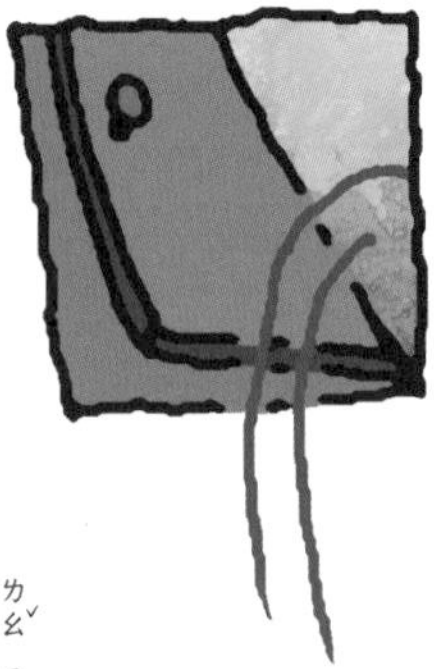

「今天大優待，免費讓你玩一次藍藍海！

那道門，請打開。」

老奶奶說得明明白白，

小阿呆聽得不明不白。

手推門開，往下一栽，

哎呀一聲！跌進藍藍海。

小阿呆，嘴裡吃著海苔，

腳底踩到青苔，眼睛看得發呆。

藍藍海，海風正好，海浪澎湃！
海底小魚，千奇百怪：
小章魚，走過來，大搖大擺。
大鯊魚，游得快，仰泳露出魚肚白。
小鰻魚，最可愛，一排一排，
一下高，一下矮，好像跳彩帶。
小阿呆，騎上海豚，
游去游來，玩得正愉快……

忽然畫面收起來，半空出現元寶袋：

「還想繼續玩？請再投十塊！」

小阿呆，趕緊投十塊。

海底世界又展開，處處精采，

樣樣不賴，只是個個都要投十塊！

小阿呆，玩玩這，玩玩那，

眼前出現按鈕一排排。

①是海馬講台，②是海牛擂台，

③是美食吧檯，④是海底電視台……

小阿呆，先選①，踏上講台，

哇，是演講比賽！才開口，就淘汰。

改選②，跳上擂台，哎呀！

鼻也塌，嘴也歪，腦袋差點變成大沙袋。

「轉台！轉台！」小阿呆趕緊跳上美食吧檯。

小丑魚，說聲嗨！推出招牌菜：

「小本買賣，請別見怪。想要點菜？請投十塊！」

投完十塊，上菜變快！

滷海帶、香菇派，還有十盤炸雞塊。

小阿呆，沒帶碗，忘了筷，用手來抓菜……

忽然畫面停半拍，半空又出現元寶袋：

「還想繼續吃？請再投十塊！」

小阿呆，摸摸錢袋，投了一塊。

小丑魚，表情變得很奇怪：

「我姓賴，你別耍賴，趕快投十塊！」

小阿呆，掏掏口袋，搔搔腦袋。

「我只剩一塊。」

咻的一聲，畫面消失！美景不再。

老奶奶，手一擺，笑容好像醃白菜：

「只剩一塊？那就掰掰！」

「等一等，老奶奶，這是什麼魔法？好玩又奇怪？」

「咳，你當我是老妖怪？這是超級電玩第三代！」

老奶奶揮揮手，趕走小阿呆。

超級電玩？小阿呆，愈想愈呆，想不明白……

這世界，太奇怪！

太陽掉下山脈，月亮跳出大海。

遠遠走來小男孩，

不高不矮，不醜不帥。

小男孩，看到空空錢袋，

哭得好厲害：「哇，我的錢袋！」

後頭跟來小女孩，瞪著小阿呆：

「羞羞羞，你這個小無賴！
害我弟弟沒錢買蟋蟀。」
哎呀呀！見錢眼開，真不應該！
小阿呆，其實人不壞，知錯想改，
偏偏不知怎麼改？
又急又無奈，手腳不知往哪擺？
臉頰窘得像彩帶，變成紅藍白；
腦袋轉前轉後，好像魔術方塊。

小女孩碰碰小男孩，指指小阿呆：

「你看他，好可愛。

不如養他當寵物，勝過小蟋蟀。」

小男孩，眼一亮，心花開：

「嗯，沒有小蟋蟀，養隻妖怪也不賴。」

小阿呆，雖然呆，天生就是樂天派！

二話不說，捲起鋪蓋，

跟著小孩走回家，像隻小可愛。

咦？還沒進家宅，
門前看見藍藍海，
客廳還有超級電玩第三代！
（難道這是命運的安排？）
爸媽看見小阿呆，親親他的小腦袋，輕輕說聲：「乖！」
唉，沒辦法，魔法時光不再，妖怪也要跟上新時代。
小阿呆，搔搔腦袋，看看窗外藍藍海：
「哈，這種生活也不賴！」

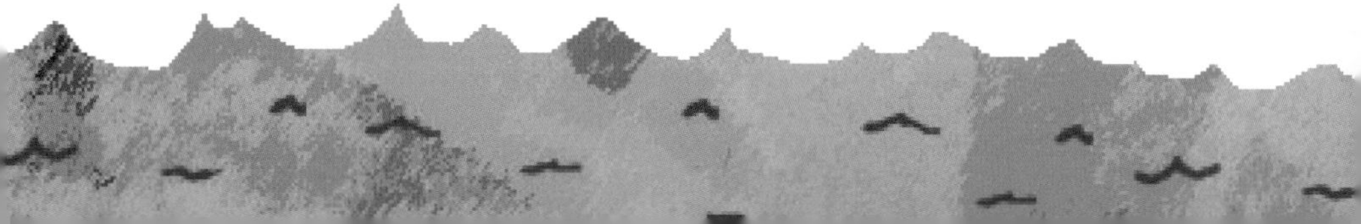

6 ㄟ 鍾馗減肥

胖鍾馗，想減肥，經人指點，來到臺北。

街頭巷尾，東南西北，

走到天黑，終於找到美容院，

喝掉三瓶水。

招牌上，廣告詞，

閃閃生輝，動人心扉：

「減肥權威，有口皆碑。
人生有夢快來追！別等美夢發了霉。」
店裡走出俏妹妹，端咖啡，送酒杯：
「只要來店十八回，包您減肥，
青春重回，變成新新人類！」
俏妹妹，口沫橫飛，天花亂墜，
甜言蜜語鑽人心扉，好像蝴蝶飛。
胖鍾馗，聽得忘了我是誰，急著要減肥。

俏妹妹，人嬌美，眼兒媚：

「想減肥，請繳費！」

哦，原來要錢，不是免費。

一看鐘點費，

「哇，怎麼這麼貴？」

後頭走出大老闆，

左眼像山賊，右眼像土匪：

「不貴不貴，這叫物廉價美！」

不是小店自吹自擂，特價只有這一回。」

胖鍾馗，為減肥，只好打工來繳費。

鋪鐵軌、賣玫瑰，建築工地走上好幾回！

算算還不夠，只好再去跳芭蕾、賣翡翠，趕場去當啦啦隊。

日走月追，轉眼三個月，光陰似箭天天催。

好鍾馗，還在街頭來來回回，當玉佩、賣棉被。

心裡正徘徊，風吹廣告空中飛：

「書店鬧鬼，誠徵抓鬼權威。」

「哈，抓鬼權威？捨我其誰！我別的不會，就會抓鬼！」

好鍾馗，健步如飛，來到書店，報名來抓鬼。

木碗盛好水，加點墨水，吐點口水，調成一碗絕妙好水。

「嘿嘿，這是我的抓鬼現形水！」

明月當空，夜涼如水。

好鍾馗，翻上書櫃，呼呼大睡。

不多時，雨打風吹，野狗狂吠。

書店裡，書本自動飛，桌椅去又回。

窗邊傳來小歌聲，口哨輕輕吹：

「一隻蜻蜓點點水，兩隻青蛙流口水……」

飄進一隻小烏龜，上頭坐著透明鬼。

好鍾馗，顯神威，手一揮，

灑下現形水，大喝一聲如響雷：

「何方小鬼，哪處鼠輩？敢在此地胡作非為！」

透明鬼，軟了腿，一現形，滿臉灰，差點滾進垃圾堆。

「鍾爺爺，大慈大悲，我不是搗蛋鬼，只是膽小鬼。」

「說！為何在此裝神弄鬼？」

膽小鬼，嘴角一垂，嗚嗚流下淚……

小烏龜，幫他把話回：「膽小鬼，最怕鬼，

偏偏倒楣做了鬼！天天遇見鬼，

嚇成愛哭鬼。只好人間躲，書店當堡壘。」

好鍾馗，皺皺眉：「做鬼還怕鬼？你當什麼鬼！

給我去上鬼學校，學習做新鬼。」

說完寫封介紹信，拿給小鬼，

手一揮，催他上學，不准心灰。

「記住！做鬼也要吐氣揚眉，別做縮頭烏龜。」

天大亮，陽光回。

鍾馗領了錢，正想去繳費。

牆角一面鏡，照出好鍾馗：

不胖不肥，英姿魁偉！

呵，原來運動能減肥！

連續打工這幾月，

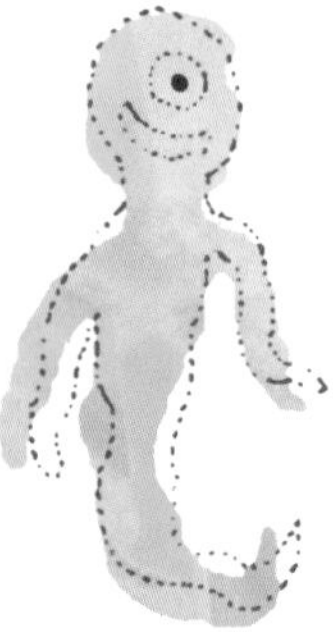

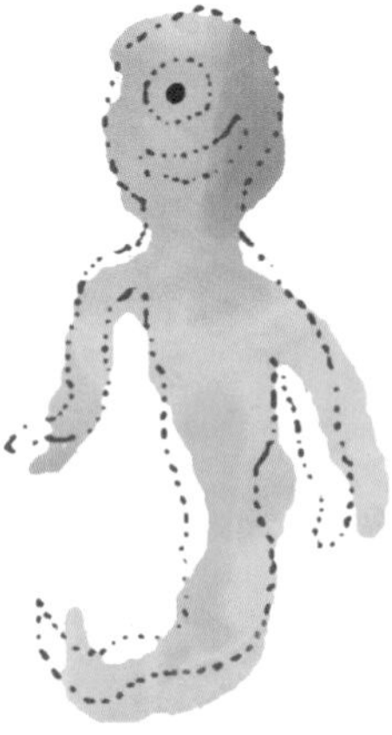

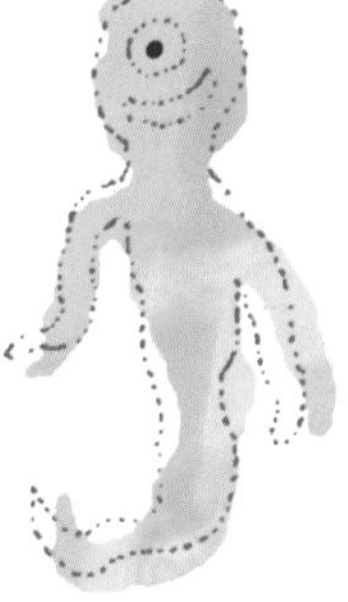

東趕西追，早已自動減了肥！

好鍾馗，睜開法眼，看向東西南北：

「乖乖，人間還有好多鬼！」

吸血鬼、缺德鬼、討厭鬼、

勢力鬼、貪心鬼、討債鬼……

法眼照見美容院，

一見老闆，再看俏妹妹，

一顆心，往下墜，好慚愧！

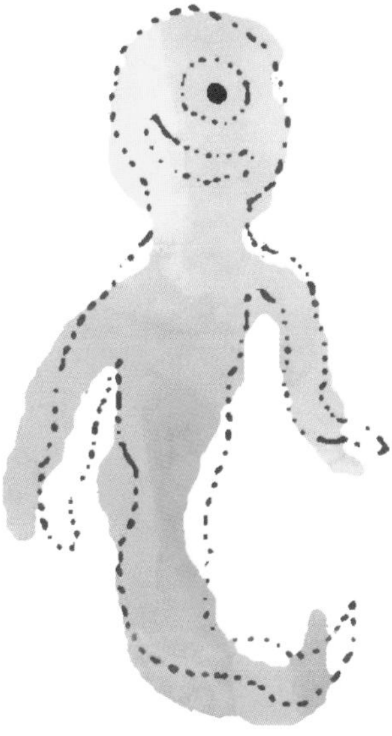

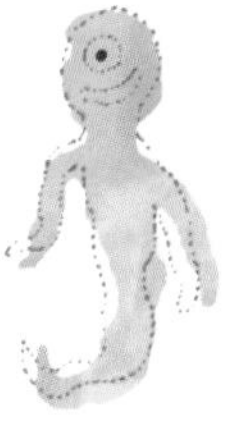

「嘿，我真是鬼迷心竅！抓鬼被鬼騙，
沒看出你們這兩個小鬼！」

原來兩人都是騙人鬼。

好鍾馗，快步趕回，
寶劍一揮，口水一飛，正要收鬼……

大老闆、俏妹妹，汗流浹背，
又認罪，又賠罪，口口聲聲想贖罪。

「也罷！就讓你們將功折罪。不准再騙人，隨我去抓鬼。」鍾馗手一揮，招牌字一變，變成「抓鬼減肥特攻隊」，只作公益不作祟。想減肥？歡迎加入特攻隊。你報名，不收費！

7 ㄠ 年獸寶寶睡不著

除夕夜，真無聊，
年獸寶寶想睡覺。
洗好澡，換睡袍，
鑽進被窩等破曉。
忽然人間鬧聲揚，
好像鬧鐘齊發飆。

吵得人，
臉發綠，頭發燒！
年獸寶寶受不了，
決定下凡瞧一瞧。
寬大袍，厚大帽，
化裝扮成大魔妖。
「哈，這下沒人認得我，
包準教人嚇一跳！」

一步走，兩步跳，三步滑下彩虹橋。

大街上，真熱鬧，

家家戶戶「春」倒「福」倒；

春到福到，喜樂淘淘！

「哼，你們熱鬧，害我糟糕，

讓你們嘗嘗我的大絕招！」

年獸寶寶跺跺腳，

大聲吼，用力叫……

咦，怎麼沒人昏倒？沒人逃？

還有人群往前靠，好像小販來推銷。

小紅帽，賣耳塞：

「耳塞用得好，什麼聲音都嚇不了！」

三隻小豬賣年糕：

「吃了我的好年糕，保你氣全消！」

小木偶賣紅包：

「今天買一包，包你明天好運到！」

孫悟空耍大刀：

「剪刀、剃刀、裁縫刀，買三送一，再送你一把關老爺的青龍偃月刀。」

紅孩兒吹泡泡，大野狼踩高蹺……

咦，怎麼童話人物都來到？

年獸寶寶扭扭腰，張大口：

「看我把你們吹上白雲霄！」

灰姑娘，微微笑：

「我們鞋底都有奈米強力膠，吹不跑。」

年獸寶寶嚇一跳，

只好使出最後大絕招——

噴大火，把樓燒！

忽然水柱從天降，消防隊員轉眼到。

「咦，怎麼大家有準備？

莫非是圈套？」

年獸寶寶看看不妙，轉身就逃！

誰料跌一跤，帽子掉，
閃到腰，頭上腫個大包包。
大家紛紛圍上來，
微微笑，眨眨眼，
準備點鞭炮。
「哇，鞭炮趕年獸？
這下不得了！」
年獸寶寶好害怕，

冷汗直冒，眼皮直跳，
心臟撲通撲通往下掉。
大家看看錶，
點點頭：「時間剛剛好！」
勾勾手，插插腰，
倒數計秒：
「十—九—八—七—六—五—四—三—二—一！」
鞭炮聲響，音樂飄飄！

出乎意料，全想不到，所有人又笑又跳，
圍住年獸寶寶，送他一個大擁抱。
「年獸寶寶，歡迎你回來！
恭喜恭喜新年好！」
春風也在天上吹口哨：
「新年少了你，實在太無聊。」
年獸寶寶好驚訝，
眼淚滴滴答答往下掉。

果然是圈套——
幸福好圈套！
暖暖太陽昇上來，呵呵笑：
「地球夢想號，
全員到齊，重新起跑！
目標：全新三百六十五天，
齊步——走！
同把幸福繞！」

8 又小狗哞哞哞

小小狗，長得醜，走路又搖又扭，好像小丑。
拳師狗，皺眉頭，送他一個大拳頭：
「走路好好走！不要像潑猴。」
小小狗，嚇一跳，張開口：「哞哞哞！」
「天啊！你是牛還是狗？」
拳師狗好像挨了一記重拳頭，

「你不會汪汪汪叫，只會哞哞哞？」

小小狗，點點頭，羞得不敢抬起頭。

北京狗、貴賓狗、哈巴狗……

一隻一隻圍過來，笑得眼淚流。

「請問你是什麼狗？土狗？獵狗？看門狗？」

「哈哈哈，我知道——你是牧牛狗！」

小小狗，趕緊溜，一溜溜進大水溝，

弄得全身黑黝黝，髒臭臭。

月亮照進大水溝，清清悠悠。
小小狗，抬起頭，望月亮，眼淚吞下喉。
「哞哞哞，我是小小狗。」
牧羊狗，好心腸，帶他去看醫生猴。
「你要趕緊治一治，不然怎麼交朋友？」
醫生猴，按按手，摸摸頭：「看來得針灸！」
醫生猴，臉上一堆青春痘，好像小土豆；
拿起針頭，頭往前湊，靠近小小狗。

小小狗，鼻兒皺，忍不住嗅嗅青春痘，
嗅啊嗅，張開口：「哞哞哞！」
說來奇怪，好像神奇大魔咒！
青春痘，「咻咻咻！」
一下清潔溜溜，一顆不留。
「哇——」醫生猴，嚇一跳，
差點跳上月球：
「你的聲音有魔咒，能治青春痘！」

原來只要小小狗，鼻子嗅一嗅，張開口，
連續三聲「哞哞哞」就能治好青春痘。
牧羊狗，拍拍手，摟摟小小狗，聲音好溫柔：
「你不是怪小狗，你是神奇狗！」
小小狗，好高興，到處幫人治痘痘。
治好貴賓狗的鼻痘痘，治好北京狗的天花痘，
治好哈巴狗的大痘痘、小痘痘……
拳師狗，臉羞羞，好內疚，歡喜淚直流：

「這下得救，再也不怕臉兒皺！」
小蝌蚪、老海鷗、紅斑鳩、綠楊柳……
不管你長什麼痘，只要小小狗，嗅一嗅，
外加三聲「哞哞哞」立刻清潔溜溜，
讓你沒憂愁！

秋天午後，清涼時候。
小小狗，上街頭，走路腳一溜，又溜進大水溝。
水兒流，流啊流，一流流到銀河口。

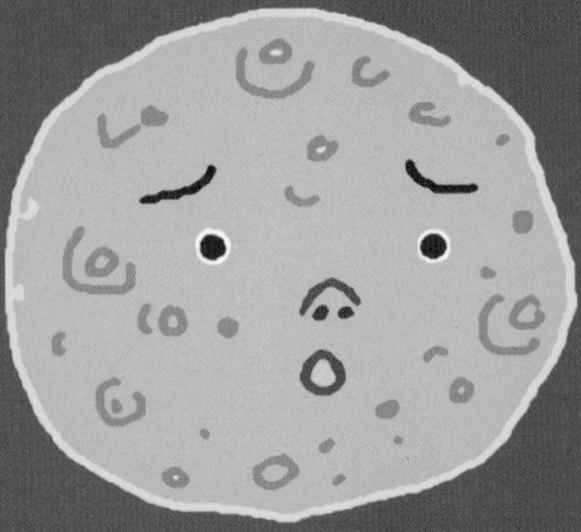

小小狗，一抬頭，
看見月球，滿臉坑坑疤疤，
長滿青春痘。
「好狗狗，
快快唸你的大魔咒，
治治我的青春痘！」
小小狗，一回頭，
滿天星球都在求救：

「還有我！還有我！我也滿臉青春痘！」

小小狗，點點頭，清清喉，數著星球，

一路「哞哞哞」……

寧靜夜，滿天星斗，星光愈變愈溫柔。

仔細聽，

歡喜聲音傳遍宇宙：

「哞哞哞！謝謝小小狗！」

＊註：文中「哞哞哞」，唸時發音同台語「無無無」。

作者的話

「會唱歌的童話」換新裝

《精靈迷宮》初版於二〇一二年七月，五年後出版社決定重出新版，將原書分成上下兩冊。接到消息，我十分高興！為什麼呢？因為這本書分成兩冊，恰恰好是最適合於它的「閱讀形式」。

還記得當初在校對這本書時，校到一半，我突然出現一個從來不曾有過的反應：「好累啊！」這是怎麼回事？怎麼會這樣——怎麼連作者都感到疲倦？我當下便意識到：因為這不是一般童話，不是散文故事——它是押韻童話，是詩！

試想一下，如果你一口氣讀完《唐詩三百首》會如何呢？恐怕不會是讚歎詩的美好，而是會消化不良吧？詩是最精粹的語言，它需要有空間去容納它，而更重要的是——需要有時間去感覺它！所以，《唐詩三百首》和其他詩集最適合、最享受的讀法，是分次讀、分篇讀，甚至是「隨興翻、隨興讀」。那才是詩的最佳讀法，也就是——閱讀中要有休止符。

有休止符，口味才能還原。所以，閱讀這一萬七千字的《精靈迷宮》，請跳脫平常看故事書的習慣喔！不要「一口氣」讀完。讀完幾篇，請休息一下，讓「韻腳的聲音」淨空。就像品酒人每品完一口佳釀，就會用白開水漱漱口，再繼續品味下一杯，這樣，便不會把好滋味都弄混雜了。

「不同的內容需要不同的閱讀形式」，這是我在校對這本書時，第一次悟出來的道理。押韻童話其實有很多種可能，這本書之所以需要如此「分開讀」，是因為我在創作時事先設定了幾個條件：限定字數、壓縮句型、增多韻腳、突出節奏。於是，《精靈迷宮》便成了這樣一本「詩化」的押韻童話。

很高興趁著【閱讀１２３】重新分級的機會，讓這本書分成上下兩冊，有了「中場休息」。這一次校稿，我就充份享受到了閱讀的樂趣！這些充滿韻腳的字詞在「嘴巴和耳朵」之間折返跑，「碰來撞去」敲擊出來的聲音，嗯，真好聽！

在初版序裡，我曾經寫下創作時的感想：

注音符號一共有十六個韻母，每個韻母都像一個火車頭，拉著一節節車廂，載著自己專屬的字詞。每輛火車的個性、氣味、聲響和乘客多寡都不相同……每

寫一篇故事，我就像跳上一輛韻母火車，從第一節車廂逛到最後一節車箱。仔細看，用心挑，看誰適合當主角，誰適合當配角，順便將背景、道具點選齊全。然後，我就開始「看字想像」，把它們兜成一篇故事。這個過程，有一點兒像把一個個的音符串譜成一首歌。

押韻童話也真的像一首歌，充滿節奏，適合朗誦，韻腳和韻腳會像山谷的回聲一樣，互相唱和，烘托著故事裡滿滿的節奏、聲響，一路往前……

寫這些故事，我就像是「踩著韻腳和節奏跳舞」，好奇著它會把我帶向何方？節奏上，我也嘗試變換不同的句型：三字句、四字句、五字句、七字句、隨意長短句……好像在為文字譜曲。

押韻童話，是詩，也是童話，保留了文字的音樂性和童話的趣味性，也在童話的現代形式中，保留下老祖宗的古典趣味。這一本書，是我的一次小小嘗試。希望這些會唱歌的童話，能讓讀者的嘴巴動一動，嘗嘗韻腳的鮮跳滋味，然後，向上彎成微笑。

今日重看，這仍是我的感受，當年「每兩個月寫一篇」的感覺也重現眼前。

對了，在初版本裡，目錄是依據「閱讀的感受」來分類排序。在這個新版本裡，我們重新以「注音符號」的順序來編排，希望能更方便讀者搜尋。

新的版本，新的呼吸空間。很高興《精靈迷宮》能換上新裝，希望大、小朋友都能「唸」得愉快！

企劃緣起

讓孩子輕巧跨越閱讀障礙

◎親子天下執行長　何琦瑜

在臺灣，推動兒童閱讀的歷程中，一直少了一塊介於「圖畫書」與「文字書」之間的「橋梁書」，讓孩子能輕巧的跨越閱讀文字的障礙，循序漸進的「學會閱讀」。這使得臺灣兒童的閱讀，呈現兩極化的現象：低年級閱讀圖畫書之後，中年級就形成斷層，沒有好好銜接的後果是，閱讀能力好的孩子，早早跨越了障礙，進入「富者越富」的良性循環；相對的，閱讀能力銜接不上的孩子，便開始放棄閱讀，轉而沉迷電腦、電視、漫畫，形成「貧者越貧」的惡性循環。

國小低年級階段，當孩子開始練習「自己讀」時，特別需要考量讀物的文字數量、字彙難度，同時需要大量插圖輔助，幫助孩子理解上下文意。如果以圖文比例的改變來解釋，孩子在啟蒙閱讀的階段，讀物的選擇要從「圖圖文」，到「圖文文」，再到「文文文」。在閱讀風氣成熟的先進國家，這段特別經過設計，幫助孩子進階閱讀、跨越障礙的「橋梁書」，一直是不可或缺的兒童讀物類型。

橋梁書的主題，多半從貼近孩子生活的幽默故事、學校或家庭生活故事出發，再陸續拓展到孩子現實世界之外的想像、奇幻、冒險故事。因為讓孩子願意「自己拿起書」來讀，是閱讀學習成功的第一步。這些看在大人眼裡也許沒有什麼「意義」可言，卻能有效引領孩子進入文字構築的想像世界。

親子天下童書出版，在二〇〇七年正式推出橋梁書【閱讀123】系列，專為剛跨入文字閱讀的小讀者設計，邀請兒文界優秀作繪者共同創作。用字遣詞以該年段應熟悉的兩千五百個單字為主，加以趣味的情節，豐富可愛的插圖，讓孩子有意願開始「獨立閱讀」。從五千字一本的短篇故事開始，孩子很快能感受到自己「讀完一本書」的成就感。本系列結合童書的文學性和進階閱讀的功能性，培養孩子的閱讀興趣、打好學習的基礎。讓父母和老師得以更有系統的引領孩子進入文字桃花源，快樂學閱讀！

推薦文

橋梁書，讓孩子成為獨立閱讀者

◎中央大學學習與教學研究所教授　柯華葳

獨立閱讀是閱讀發展上一個重要的指標。幼兒的起始閱讀需靠成人幫助，更靠圖畫支撐理解。許多幼兒有興趣讀圖畫書，但一翻開文字書，就覺得這不是他的書，將書放在一邊。為幫助幼童不因字多而減少閱讀興趣，傷害發展中的閱讀能力，天下雜誌童書編輯群邀請本地優秀兒童文學作家，為中低年級兒童撰寫文字較多、圖畫較少、篇章較長的故事。這些書被稱為「橋梁書」。顧名思義，橋梁書就是用以引導兒童進入另一階段的書。其實，一本書容不容易被閱讀，有許多條件要配合。其一是書中用字遣詞是否艱深，其次是語句是否複雜。最關鍵的是，書中所傳遞的概念是否為讀者所熟悉。有些繪本即使有圖，其中傳遞抽象的概念，不但幼兒，連成人都可能要花一些時間才能理解。但是寫太熟悉的概念，讀者可能覺得無趣。因此如何在熟悉和不太熟悉的概念間，挑選適當的詞彙，配合句型和文體，加上作者對故事的鋪陳，是一件很具挑戰的工作。

這一系列橋梁書不說深奧的概念，而以接近兒童的經驗，採趣味甚至幽默的童話形式，幫助中低年級兒童由喜歡閱讀，慢慢適應字多、篇章長的書本。當然這一系列書中也有知識性的故事，如《我家有個烏龜園》，作者童嘉以其養烏龜經驗，透過故事，清楚描述烏龜的生活和社會行為。也有相當有寓意的故事，如《真假小珍珠》，透過「訂做像自己的機器人」這樣的寓言，幫助孩子思考要做個怎樣的人。

【閱讀123】是一個有目標的嘗試，未來規劃中還有歷史故事、科普故事等等，且讓我們拭目以待。期許有了橋梁書，每一位兒童都能成為獨力閱讀者，透過閱讀學習新知識。

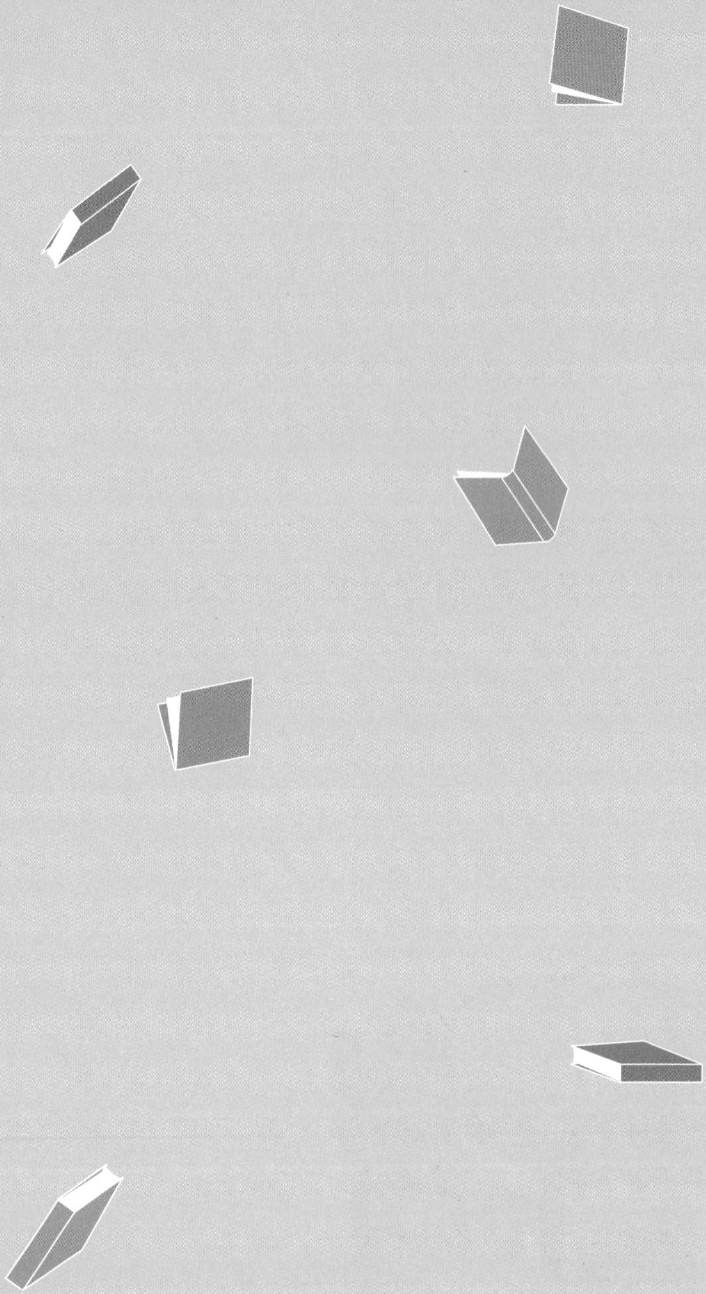

閱讀123